# THINGS FROM THE FLOOD
## 洪水過後

賽門・史塔倫哈格 ※ 著　　李建興 ※ 譯

黑暗的圖畫漂在水上，它們被丟棄了。

好像童年玩具長大成巨人
控訴著我們永遠無法成為的模樣。

——托馬斯・川斯卓默，〈錫羅斯島〉。

瑞典正處在脫離大型政府計畫的時代。傾頹的設施與機械被新的開發商接管，他們把門焊死，用塑膠布包裹機械，打算把土地轉作新用途。房屋後方樹林裡的空地豎立起廣播訊號塔，嗡嗡作響的新資料中心融化了冰雪。住宅的牆壁長出了衛星天線碟，陌生的電器插座出現在室內。社區裡的小孩聚集在家用電腦或電視機前（中午突然播起卡通來了）。

封鎖線外的某處，在田野和沼澤的遠方，廢棄的機械像流浪狗般到處遊蕩。它們不耐煩地亂跑，在橫掃鄉間的新風向中焦躁不安。它們聞到了空氣中不對勁、陌生的味道。

或許，如果我們仔細聆聽，我們也會聽見。我們可能聽見從地下深處被遺忘和封閉的洞穴中所傳出的聲音：有東西想要出來的模糊敲打聲。

## 前言

我的上一本書《迴圈奇譚》，講述慧能組織時代末期在迴圈的周圍生活、成長是什麼樣子。書中涵蓋年代從八○年代初到一九九四年秋天迴圈除役，同時慧能組織被民營的克拉夫塔公司取代。但是迴圈的故事並未就此終結。我創作上一本書時，就已經知道從一九九五到一九九九年，還有迴圈除役後發生的怪異事件需要藉另一本書陳述。

關於瑪拉洛外洩事件和後續克拉夫塔公司的醜聞已經有很多報導文章了。在千禧年前的最後三年，那是報紙的日常題材。我這本書的目的不是解釋事件或助長這些年來曾浮現的臆測與陰謀論。相反地，就像《迴圈奇譚》，我希望描述我自己在這些事件外圍成長的記憶。

本書依照時序記錄發生在九〇年代末期的事件。從那時起，發生了一些革命性的改變，成爲歷史書上明確定義爲一個時代結束、另一個時代開始的指標。最戲劇性的就是二〇〇一年冬天突然兩極對調，這立刻癱瘓了整個北半球的磁合貿易路線，造成遍布全球的船隻墳場，現今稱作「死亡帶」。瑪拉洛外洩與後續的迴圈拆除，至少在瑞典的歷史記載上，就是這類明確標誌時代結束的事件。

日常生活中，我們的環境只是緩慢而巧妙地變化，例如門把與鬧鐘開關的設計改變，街燈與燈泡的光線顏色變得柔和，或地鐵站的指標字體換新；同樣地，浴室翻新，地板拆掉，廚房櫥櫃重新粉刷。每項都是小變化，但經常是這樣，全部一起回想起來，就像突如其來的產業崩解般刺目顯眼。

變化是緩慢但無可避免地驅動我們社會前進的發電機，同時越將過往歲月籠罩在神祕與迷思之中。這部發電機只會單向轉動——沒有回程票通往我們背後那個消失在迷霧中的國度。我們的世界與過去之間的唯一通道已深埋在我們自己的潛意識裡，在我們的想像力與記憶間模糊的邊陲某處，那就是我現在想帶你們去的地方。

我窗外的黑暗正在降臨，外面的暮色跟二十一年前被洪水蹂躪的景象相同。晝夜交替之時，很難辨認出那些紀錄著二十年來過程的細微痕跡。很難區別記憶與現實；我的心智填補了所有模糊的部分。在黃昏，田野看似冰雪覆蓋的湖泊。你幾乎會相信大洪水回來了。

賽門・史塔倫哈格，二〇一六年二月寫於昆斯貝嘉

## 黑色污漬

忙碌於包裝禮物、編寫巧妙的聖誕詩句，沒有任何瑪拉洛阿納島的居民注意到法倫圖納教堂後面雪地上的黑色污漬。他們也沒發現它在降臨節第二主日之後如何越變越大。整個十二月裡，沒有人為排水管與水龍頭發出的怪聲和惡臭作出任何反應，沒人注意到薩圖納野地的艙蓋從聖誕節前就被奇怪雕像狀的褐色冰塊包裹住了。

但接著平安夜來了。在凌晨時分，大多數法林瑟島北部的居民便清楚知道一九九四年的聖誕節將被歷史記載下來，且原因會和幾首聖誕詩歌大不相同。大多數的家庭在醒來後才發現他們地下室淹滿了褐色冰冷的水。

## 水體

很顯然是迴圈的內部構造漏水。不可能是雨水：十二月初已經進入冬季，地面都結凍了。彷彿巨大的地下設施已被完全淹沒——每個隧道和房間，每個來自迴圈的小洞口和管線都在漏水。

回想那一天，我最難忘的是自己對這件事高昂的興致。我認為整件事好極了，我在家裡跑來跑去，觀察每個損害的細節。我最感興趣的是消失在冷光深海世界裡的地下室階梯，由前一天我們繞在欄杆上的塑膠燈串所點亮——奇蹟般免於短路的燈串。在地下室的深水處，半溶化的紙張和報紙漂浮著，宛如重力短暫消失。

老媽穿著大衣和靴子站在門口，將電話夾在她耳朵和肩膀之間，對著緊急報案專線的人大叫，同時把衣物塞進提袋裡。當消防隊的救火海盜飛船終於降落在我們後院，消防員戴防毒面具穿靴子、手拿斧頭地衝進來時，那天的高潮來了。

要是早知道得等到三年後才能再看到我的房間，在救火船的柴油引擎把我們向上帶離淹水景象時，我可能不會感到興奮帶來的快意。

## 貝加登

我們大約在下午三點抵達貝加登。經醫生的檢查和一連串檢測之後，我媽和我來到設置在貝加登圖書館裡的臨時住所。我必須說，那個難民營挺不錯的——充滿光線、食物，鄰居會分享洪水的故事，所有那個地區的小孩都在書架間跑來跑去——但我們沒待太久。就在抵達的隔天，正當我們在享用湊合的聖誕晚餐時，拉斯·里賓穿著警察制服衝進圖書館裡。拉斯·里賓是我媽的新男友，也是法林瑟島南部唯一的警察居民。

我看到巨大飛船飛到法林瑟島北部上空，就在我們把行李搬進拉斯·里賓的房子時。我一看到它們便不禁停下腳步：這麼大的船很少跑到南部，但它們就在這裡，同時有三艘巨大貨船耶！

我感到體內某種不祥的躁動。世界上有什麼事情改變了。感覺怪異又嚇人，但我無法判斷是跟大飛船還是拉斯·里賓從屋裡發出雷鳴般的大笑有關。

## 電腦白痴和河馬

來自法林瑟島北部的班級跟貝加登的班級合併之後，
社交版圖重新改寫。舊的階級體系不再存在，我感到
手足無措。

我在巴士上跑來跑去，惹惱了我的同學。「叭叭！」
我一面拍他們的頭一面大喊。有些人生氣大叫「白
痴，住手！」其他人則緊張地笑著，臉上表情寫著「他
瘋了。」吉米・卡夫特林的個人保鑣諾克斯轉過身
來，從座位上伸出手，掀起我的上衣，然後狠狠擰
了我腰上的肥肉。「河馬！」他緊閉著嘴唇爆出喊
叫。巴士上的眾人有個共識：我們二十八個倒楣鬼被
困在這兒，必須忍受這個無藥可救的人。我一鬧起來
連老師都受不了我——要是羅夫在車上，他會抓住我
低聲威脅「給我坐下！」

最糟糕的是吉米・卡夫特林對我行為的反應——他只
是用小鹿斑比般無辜漂亮的大眼睛盯著我看，顯然在
說：你這隻昆蟲真噁心。這讓我措手不及，我會停止
胡鬧一會兒。那需要快速反應，而且在任何情況下都
絕對不能顯示我在乎，所以我掀起上衣衝到座位之間
的走道上跑著，挺著髒兮兮的大肚子追趕旁人。

在我開始跟有對大門牙的矮小男生小羅鬼混後，一切都改變了。他被叫做電腦白痴。而且原來，他就住在我們家旁邊。

發生這些事情真的是很詭異。起初我真的以為他有智能障礙之類的。我覺得他的大門牙看起來很奇怪，他在講話時單字之間還會有很怪的雜音。我看到他在隔壁的庭院鬼鬼祟祟時甚至會避免出門。但後來有天晚上拉斯和我媽帶我去小羅家喝咖啡，小羅給我看他的電腦和幾本關於機器人的書。就這麼簡單。半小時後我們就成了最要好的朋友。

## 海格史塔倫的跳台

我常跟我爸一起在海格史塔倫度過週末。

我爸是在迴圈除役時搬到那裡去的，他所屬部門剩下的人員都被併入克拉夫塔公司系統部，那是克拉夫塔在全國各地的設施中負責研發與操作電腦系統的部門。

他的公寓在海格史塔倫大樓的底層，大樓是瑪拉達倫區的十二座垂直城市之一。這些大樓建於一九六五到一九七〇年間，是大型公共住宅計畫的一部分，光是海格史塔倫大樓的公寓就有約一千五百戶。一樓是地鐵站、圖書館、學校、托兒所和商店街。樓頂蓋有極具特色的水塔。

有一次我在巴士上，聽一群大男孩談到海格史塔倫大樓和在迴圈年代應該是發生在此的許多自殺案。據說所有自殺死者都是慧能組織的員工，他們待在迴圈裡接近重力加速器太長時間，受到所謂「迴圈失調症」影響。那是有傳染力的——顯然他們一直來不及清理地上的腦漿就又有下一個可憐人砸到人行道上。聽說這事之後，每當我走過庭院總會緊張地抬頭瞄向上空。

除此之外，在那邊度過週末還行。我至少可以好好休息——老爸大多數時間都在廚房裡抽菸，我可以盡情使用他的電腦。

## 俄國泰迪熊

「俄國泰迪熊」是一種有著簡單人工智慧和合成語音組件的動物填充玩偶。它們應該要能進行對話並具有個性，或至少像是有個性。由於在瑞典是禁止商業產品使用人工智慧的，所以幾乎所有人工智慧技術都來自俄羅斯，他們對人工智慧與合成人格有很不同的觀點。

結果我爸買給我的二手俄國熊幾乎完全無用。我試過一切手段想讓它有些回應，但它頂多只會發出微弱的摩擦聲，而且要你很用力捏它才行。

所以在某個星期六，就當我無聊地把玩我祖父的老舊小手槍時，忽然有個主意。我要給玩具熊最後一個機會證明它多少具有些理智。我把熊拿出來放在配電箱後面的地上。「可憐的小動物，」我心想，也可能真的說出來了。我從口袋掏出手槍瞄準熊的額頭。

接著我得到了我一直想要的反應。玩具熊發出一聲刺耳尖叫，並升高成為嚇人的電子漸強音。我趕緊把槍收起來，然後踢那熊一腳。它的尖叫變成了歇斯底里、我猜是俄語的咕噥。情況變得很尷尬：熊撕心裂肺的囈語在大樓之間迴盪。我撿起熊，設法打開電池蓋。熊更加生氣了，所以我猛拉小電線，電池飛出來並在柏油路上彈跳。熊沉默無聲。我緊張地環顧四周。有幾個住戶正看著窗外到底發生了什麼事。我用顫抖的手撿起電池和玩具熊，將它們全部塞進我的背包裡。

最慘的是，我實在大到不適合玩動物填充玩偶了。然後發生這種事。大家都看到了。

## 幸運草

貝加登的學校大禮堂門口上方的招牌寫著「歡迎來到小行猩廳！」我猜想在學校的悠久歷史中，招牌原本曾經寫的是「小行星廳」。就像貝加登的其他許多地方一樣，大禮堂的名稱是爲了紀念幸運草，也就是聳立在瓦斯特蘭根後面山脊上的天文台。我們也有太陽街、星星巷、太空村、天文台山，還有很具創意的銀河路。

那些怪異的無線電波望遠鏡曾經對重大科學發現有所貢獻。例如，在星際的黑暗中發現了甲醛 —— 你知道的，在地球上用來保存屍體的東西。補助金並不穩定，在一九九一年這座設施經過改建後便以克拉夫塔公司的名義追蹤太空垃圾。運作多半由電腦程式處理，自一九八九年起工作人員就從最初的兩百人裁撤到十人再到三人，其中包括兩名管理員。

在社區的老人之間 —— 三○至四○年代，這個地區仍是田園農地時長大的 —— 對幸運草天文台與石柱般的望遠鏡存有很大的疑慮。什麼事情都可以怪到它頭上：暖冬、寒夏、雞油蕈數量不足、蝸牛太多、蚊子太多或太少。是什麼事情不重要，幸運草天文台永遠都是罪魁禍首。所以一九九四年冬天到九五年法林瑟島北部大淹水時，五十歲以上的人幾乎一致同意造成災難的是什麼。

## 天文學家之家

螢幕上的怪物裂開，內臟爆炸，滑落到地上成爲一團血肉模糊。

「轟！快來看！鏈鋸耶！」

他年紀肯定有四十好幾了，但是史提芬・艾克洛夫玩《毀滅戰士》的時數可能比當地任何人都多。八〇年代時他當過幸運草天文台的系統工程師，所以有些人會稱呼他爲「天文學家」，克拉夫塔公司接手之後他是其中最早丟掉飯碗的人。他家裡堆滿了電子零件，在貝加登的每個人只要電腦出了任何問題都會馬上去找他。

史提芬對小羅和我而言是個神人，他的軟體檔案就等同於古埃及亞歷山卓圖書館的數位版。經常因拜訪他，我回家時帶著一堆裝了最新遊戲和程式的磁碟。他送的東西不只是軟體：你要是走運，還可以拿到他不需要的舊電腦零件。聽說五年B班的傑克・史卓堡就曾拿到史提芬給的一整台電腦。

一九九五年春天我們坐著等待拿《毀滅戰士》的拷貝。最後一張磁碟拷貝好後，他問我們想不想看更酷的東西。（比拿鏈鋸把惡魔鋸開更酷？怎麼可能！）我們跟著他走到地下室，他掀開水泥地上一個圓形的大蓋子。

「這個蓋子能直接通往迴圈的地下隧道。你們看！」

他拿手電筒照向下方的黑暗。我們俯身過去。有道梯子自水泥牆壁伸出，筆直向下沒入黑水之中，消失無蹤。史提芬高興得幾乎快說不出話來。

「來自飛馬座51B行星的地外水源！」

## 數據機時間

那真的是個了不起的打撈活動，幾乎所有行動都是被嚴格禁止的：違法丟棄機器人；違法丟棄拉斯·里賓新的獨輪手推車；違法運輸十五公斤生鏽的廢金屬到拉斯·里賓家裡；還違法在拉斯·里賓精心打掃的房子裡亂丟垃圾。

我打算利用爬行球裡面的訊號接收器連接上網，而不靠任何數據機。瞞著大人實現永遠上線的幻想，這迷人到我願意接受嚴苛的身體勞動。結果當然是一敗塗地。

容我對數據機的情況多說幾句話。在我們家裡，使用數據機受到拉斯·里賓的嚴格控制，我痛恨每當需要上網時就得討好他。他不太懂電腦，但他很清楚數據機時間對我很重要，且他從身為控制這項奇特商品的最高權威中得到了樂趣。每當我想使用數據機，一定會聽到關於每分鐘使用費率的資訊教育性訓話，拉斯怎樣負擔家裡的所有開銷，為何應該由我的零用錢支付，這樣如何把我寵壞了，但是他人很好，這次就允許我免費使用吧。

首先，我按照小羅的指示，將機器人放在書桌上連接到電腦後，沒有任何動靜。肯定有開電源；綠色指示燈亮著，但是電腦無法跟它建立連線。

然後拉斯和我媽比預期的提早從派對回家了，我差點來不及趁老媽出現在我房門口說晚安之前把爬行球塞進我的衣櫃裡。我彆扭地倚靠在衣櫃門上，並笨拙地臨場發揮說家裡一切多麼平靜無事。真是謝天謝地，拉斯和我媽夠醉到沒注意我祕密活動的痕跡——花園裡雪地上的輪胎痕、側倒在車庫門外的獨輪手推車，還有地下室地板上的枝葉殘渣。

拉斯和我媽睡著之後（拉斯昏迷在客廳沙發上），我趕緊清理機器人祕密計畫失敗的痕跡，一面咒罵家庭財政的首席監督拉斯·里賓未來所有的說教，我被迫非忍受不可。

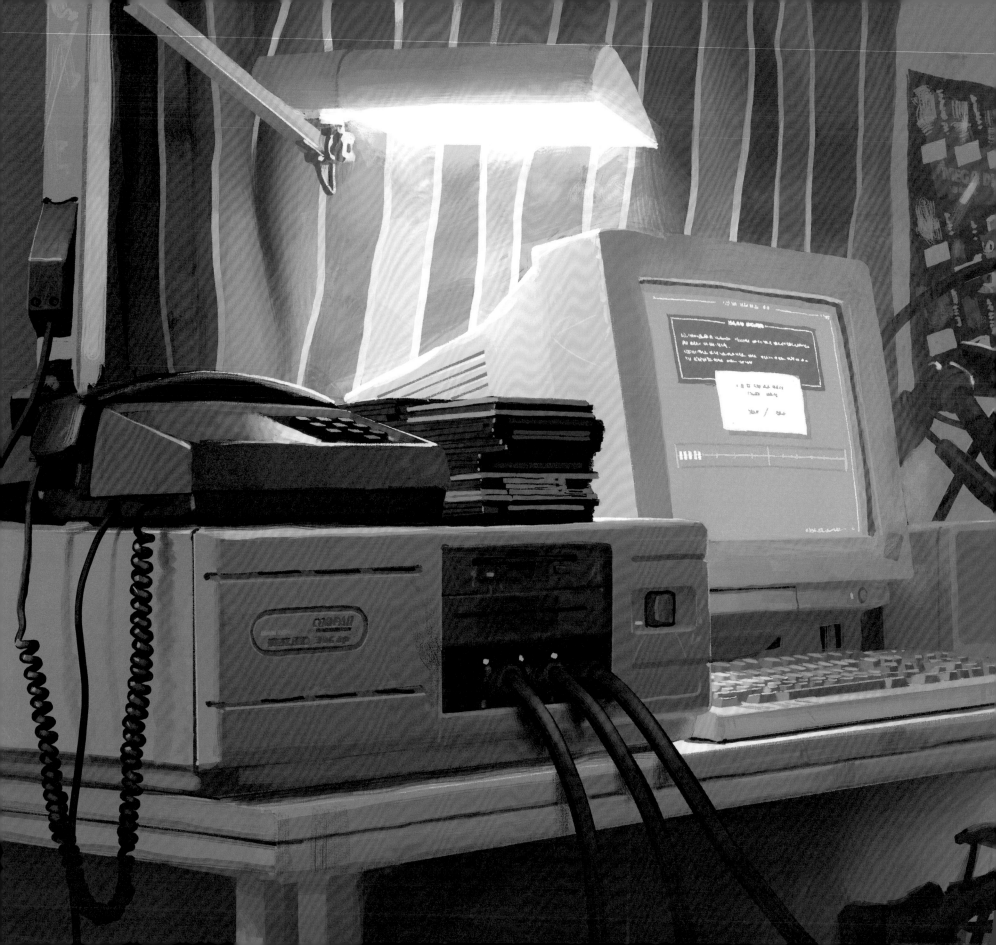

## 辦公室景觀

洪水過後，我爸在克拉夫塔系統部門的主要工作就是將因淹水受損的硬碟去污。三十年來累積的研究資料正被緩慢地腐蝕掉。技師們全天候輪班搶救來自瑪拉洛阿納島上淹水的設施持續不斷被移轉過來的寶貴資訊。

某些狀況下我也會幫忙 —— 有時我跟我爸坐在工作室裡吹乾電路板與硬碟機 —— 但大多數時候老爸都全神貫注地忙著分析資料，我除了晃來晃去等待，沒什麼事可做。

某天傍晚，為了表達他於心有愧，我爸允許我進到影印室，裡面有台電腦可以打電動。在桌上的裁紙機旁有一張印著克拉夫塔商標的紅色磁碟。小羅告訴過我，在我老爸辦公室裡要特別留意這種紅色磁碟；它可能是所謂的 SÄK5 磁碟，是只限克拉夫塔安全等級很高的員工才有的某種鑰匙。

我爸在門口逗留了很久，問我學校的事和住在拉斯家的感覺。他想要跟我好好相處度過這寶貴的時光，但我滿腦子只想著那張磁碟，所以我機械式地回答他的問題，希望他放棄。

當他終於不再煩我後，我把磁碟插入電腦檢視內容。看起來不太妙 —— 只有文字檔。我打開檔案，有張圖片在螢幕上展開。是一位我爸的同事他鼻子上戴著紅色塑膠球的圖片。他咧嘴發笑，舉起雙手對著鏡頭豎起兩隻拇指。底下出現的文字是：「歡迎參加托斯騰和艾格妮塔的年度化裝舞會：二月二十四日『四樓歡樂節』。」

我挫折地用額頭撞鍵盤，一長串 t 字母爬過螢幕。

## 解鎖。探索。重複。

我站在那兒，帶著令人發癢的手套，靴子滿是雪花。自迴圈飄上來的熱氣融化了整個艙蓋上的積雪。我擦掉上唇的鼻涕，回頭看看安裝了舊磁碟鎖的柱子，我發現我還留著從我爸辦公室偷來的磁碟。就在我的外套口袋裡。我沒指望除了慣例的「無效ID」以外的事，將任意一張磁碟片插入磁碟鎖一向都是這樣的結果，但仍然值得一試。我涉雪來到鎖前，打開蓋子，插入磁碟。漫長的沉默之後裡面的磁碟機嗡嗡作響，螢幕亮了起來：

**確認 ID...................OK**
**ID：SÄK5 核准**
**托斯騰・畢雅雷，歡迎登入**

我的心臟彷彿墜落了五公尺之深。成功了。我不假思索，按下標示著「開啟」的綠色大按鈕，空中傳出機械摩擦聲。在我身後，我看到閃爍的黃色警示燈——通道蓋打開了！我奮力越過積雪走到打開的蓋子旁。黑暗深淵裡冒出蒸氣。有道梯子往下沒入黑暗中。這很危險，禁忌，非法，又好棒。我捏了個雪球，高舉在洞口上方。溫暖潮濕的空氣冒了出來，夾帶著的氣味令我想起了老家的火爐。

我丟下雪球。它掉進黑暗中消失，整個宇宙都屏住呼吸。空氣靜止。我的心跳在耳中宛如雷聲，灌木叢中的積雪發出輾軋聲，在不明處有隻鳥兒飛了起來。

來了：雪球落水的聲音，就在迴圈裡淹水的內部結構深處。

## 祕密行動

在我碰巧弄到SÄK5磁碟之後，小羅和我就被拔擢為敵後祕密任務的突擊兵。我們帶著小型望遠鏡和記事本，在疏散區一連待上好幾個小時。小羅非常認真看待這事，雖然我們沒有對講機，他還是堅持我們每句話都要以「收到」或「通話結束」作結。

「我看到兩點鐘方向的營房有五個人，收到。」
「你守住西側，我會守住東邊，在那棵橡樹後面會合，收到請回答。」
「獵狐犬，回報你的位置，收到。」

小羅從未動搖。

在桑加薩比，有一具阿爾塔公司四足機器人在儲物小屋後面的空地上充電。它會緩慢繞圈巡邏，而任務挑戰是盡量接近它而不被發覺。小羅喜歡這個遊戲。他要我把松果丟到機器人背後的灌木叢，轉移它的注意力，好讓他跑過去查看儲物小屋的門是否上了鎖。

「我們的小隊缺糧。裡面或許有補給品。收到請回答。」小羅低聲說。我感覺又濕又冷，那些鉗子嚇死我了。我盡可能小聲地說我不想玩了，但小羅沒回答。他忙著用我們的望遠鏡觀察機器人。我再試一遍。

「獵狐犬請求許可回基地……」我被機器人後方斜坡上突然傳出的樹枝斷裂聲打斷。我們驚恐地看著機器人以嚇人的速度轉身，看到它如何在一秒之內衝過整片空地，像隻快如閃電的蜘蛛。樹叢裡有一隻受驚嚇的雉雞飛了出來，恐懼地咯咯叫，並驚險躲過機器人在牠尾巴後面夾空的鉗子。

小羅驚恐地看著我，低聲說：「請求批准，回基地，通話結束。」然後我們拔腿就跑。

## 賽巴斯丁・索佛特的龍

賽巴羅患了迴圈失調症嗎？有些人認爲是。他爸爸以前在地下的重力加速器裡工作，賽巴從沒來過社區青年活動中心。他耗費了大量到不健康的時間在迴圈裡，等候他爸爸下班。

我們一直沒查明真相，但我記得賽巴有著很糟糕的體味。我不是指青春期的汗臭味，而是一種會讓你意識到他家裡肯定有問題的臭味。那是充滿瘋狂的家所帶來的隨身惡臭。他幾乎沒說過話，只是安靜地坐在角落。全班分成兩人一組做作業時總會發生問題——有時學生會毫不避諱地說他們不想坐在賽巴旁邊「因爲他很臭。」大家緊張地竊笑。

我爲賽巴感到難過，有幾次我放學陪他走回家。他幾乎一聲也不吭。

洪水過後，圖書館外的布告板上出現了一些尋貓啓事。有人說是貓瘟導致。也有人宣稱跟洪水有關。最後賽巴在春初轉到諾塔耶的特殊教育學校時，便開始有謠傳說他跟寵物貓的失蹤有關。據說有個克拉夫塔的維修技師發現他就在索巴卡後方的森林地岬上，全身是血坐在大批被屠殺的貓屍中間。他們說他周圍至少有五十隻貓，就像被開膛破肚並清洗乾淨的魚。

我說過，薩巴在放學回家的路上通常很沉默，但是我記得當時他說過一些莫名其妙的話，這讓後來的殺貓故事顯得更加恐怖。

「歡迎你來我家做貓食。我們可以一起做，然後餵我的龍。牠們現在長得很快。」

### 臨時拼裝貨

史提芬家的後院放了兩顆巨大的鐵球。張開空心的大嘴看起來像大型水泥攪拌機。但史提芬聲稱那是個功能正常的「魏斯曼門戶」，就像迴圈研發出的那些機器。他利用從前上班期間從幸運草天文台盜走的零件親手組裝。「那可是貨眞價實，」他說過。最後也最重要的零件，所謂的麥特納鐘擺，是他從洪水過後出現在史瓦茲約的一個怪異十二面體取得的。那肯定是某種攜帶式重力加速器，一台野外的發電機。

經過一番努力，史提芬組好那兩顆球，安裝上麥特納鐘擺，啓動電源。鐵球似乎可用，史提芬爬到鐵球旁樹上的高處，然後跳進洞口，測試這個新發明。「簡直完美，連接穩定！」他說。他知道是因爲他沒有撞到球底摔斷腿，而是被傳送到另一顆球從洞口彈射出來，飛過他家庭院，掉在鄰居的堆肥上。

## 流浪者

好幾十具逃離俄國人工智慧計畫的機器人在瑞典境內遊蕩。不知怎地，他們越過了冰海來到法林瑟島，在森林外圍、蘆葦叢和廢棄空屋裡定居。他們被稱作流浪者。他們是古怪的一群，著迷於色彩繽紛的布料、複雜的圖案、毛皮和羽毛。任何有機和柔軟的東西對他們來說都新奇珍貴，他們對生物學與大自然似乎發展出了某種宗教崇拜。到處都看得到他們的塗鴉，在樹上、岩石表面上和水泥牆上。

許多瑪拉洛島的居民不喜歡流浪者，在他們出現在貝加登後更是起了戒心。在商店結帳隊伍和布告板的張貼公告裡，都感受得到逐漸膨脹的恐懼和對於政府束手無策的不滿。

一九九六年一月，吉米・卡夫特林和他的惡棍黨羽，跟一個砂石坑裡的流浪者發生打鬥，諾克斯回來時右手斷了三根指頭。手指是被流浪者打斷還是被他們帶進坑裡的大量土製新年炸彈炸斷的至今仍不清楚，瑪拉洛阿納的居民也懶得釐清。事件之後，警方出動，鎮暴小組將所有他們找得到的流浪者集中起來，然後送到位於納卡的資源回收中心徹底銷毀。

## 河裡的血肉

當地社區逐漸產生對水的恐懼。聽說是洪水期間有東西外洩滲入地下水。剛開始只是謠言——我最初是聽史提芬說的，還以為那是他瘋狂的推論——但不久後，連理性的家長和老師們也都認為最好別喝自來水。有人說那是源自迴圈核心，在洪水過後外洩的輻射水。也有人說是別的東西，某種會害民眾生病的細菌。

某天晚餐時間，拉斯告訴我們，他們接到電話說在奧斯特比有輛紳寶900汽車出了車禍。他們發現車子翻倒在水溝裡，車內狀況是拉斯‧里賓十五年警察生涯以來看過最噁心的景象。根本無法分辨車裡有沒有任何人類的殘骸，因為整個座艙充滿了不明的有機組織。用拉斯‧里賓的說法：「看起來就像有人把一隻巨大烏賊塞進了車裡。」我們全都默默坐著，戳戳盤裡的茄片夾肉。

「那是太空水！」當週稍後，我在等他找出答應要送我的8MB記憶體時，史提芬‧艾克洛夫說。他一邊翻找裝滿舊垃圾的箱子，一邊給我一場全盤狀況的報告。

「冷戰期間他們原來打算替美國人打開一道通往蘇聯的門戶，但是失敗了。幸運草天文台只有一個目的！就是標定地球在宇宙中的精確位置，以便建立一套穩定的座標。他們必須確定蘇聯在哪裡，換成太空中也一樣——問題是負責計算的哈坎弄錯了一個該死的小數點，他們突然就跑到五十三光年外的飛馬座51B行星去了。那裡似乎是個海洋星球。然後現在一些該死的太空細菌外洩。克拉夫塔公司的人肯定忙翻了。」

## 培養

「你媽和我不喜歡你獨自在天文學家他家待太久。他腦筋不太對勁，」拉斯終於說出來了。有一次史提芬讓我看了他所謂的「培養」之後，我便傾向同意拉斯。史提芬的地下室裡有三個浴缸，堆滿了看似隨機的怪異收藏品──罐頭、卡帶、相機等等──全都浸在水裡。

「這跟塑膠與金屬的結合方式有關！」史提芬說。他用長柄火鉗夾出水裡的一個小別針，並仔細檢查。他咕噥幾句讚許某個小細節後便將它放回浴缸裡。

「過來看看。」

史提芬打開他的車庫門。在車庫裡，收藏著一些我所見過最詭異的物品。

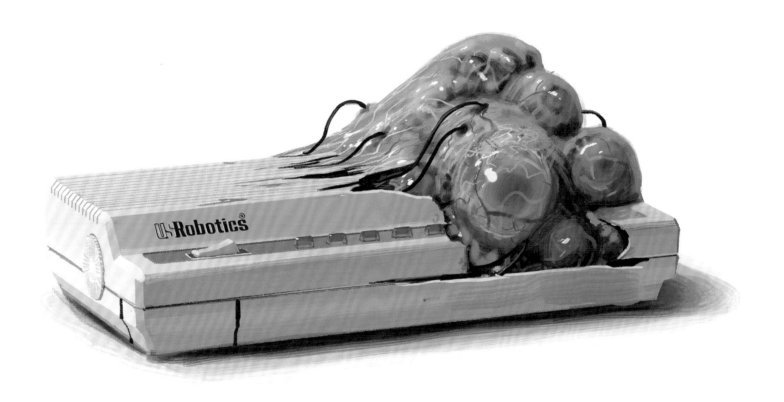

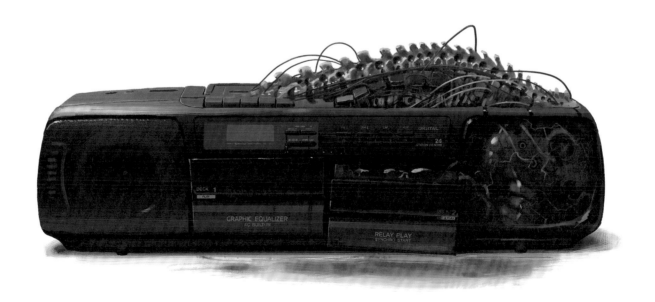

## 機械癌

「現在正是在海格史塔倫搶銀行的好時機，」拉斯說。整個艾克羅鎮的警力都用在忙著處理所謂「機械癌」的副作用。法林瑟島北部的實用機器紛紛開始出毛病。它們變得無法控制，像生病的動物到處亂跑。不久它們的關節和四肢便長出了奇怪的東西，警方全天候忙著處理遊蕩機械所造成的損害。大批無窮無盡的克拉夫塔公司救援車前來運走失靈的機器人，進出法林瑟島的道路因而經常塞車。

他們說是神經油脂的緣故。所有平衡機械和自主機器人，都持續使用某種能滲入人工神經系統、藉以提升神經纖維傳導性的蠟予以潤滑。克拉夫塔最近開始用一種新的實驗性神經油脂，應該就是這種新油脂造成神經纖維無法控制地生長，導致機械暴走，最後故障。

當然，據天文學家的說法，這一切都是鬼扯。

「其實很清楚！來自飛馬座51B行星的訪客找到了完美的宿主！」

## 索卡比的採石場

索卡比採石場位在桑加與貝加登之間，它在瑪拉洛阿納島詩情畫意的農地景觀中像個大傷口。直到上世紀五〇年代這裡都持續開採寶石紅的礦石，巨大的卡曼・法納高爐產生的爐渣長期污染土地，把整個區域變成了惡臭、光禿的荒地。

一座古老的教堂坐落在爐渣堆成的斜坡旁。原本建造目的是為了咳嗽的礦工和他們充滿灰塵的肺提供一些神聖的人生指引。如今它已老朽傾頹，所以一九九七年初有個牧師帶著兩個小孩搬進教堂裡時，大家都震驚不已。

牧師名叫帕維里・沃羅，但他很快就得到了「電視」的綽號，因為他戴著巨大方形眼鏡（甚至有人猜測他能用眼鏡接收有線頻道）。帕維里・沃羅有個遠大計畫是整修教堂，並將上帝帶回來給貝加登的居民。教堂的氣味很詭異；有股刺鼻的肥皂味，就像有人不斷努力想要洗刷所有老礦工們遺留在牆上的痛苦。

帕維里本人蠻風趣的。我們經常看到他爬到鷹架上，在教堂的門面前方，一手拿著油漆刷一邊開心地唱著歌，像個指揮家揮舞。他看到我們走上車道時，會從鷹架上跳下來，伸長手臂，大喊「我的天使！」他像隻大蟒蛇擁抱小羅和我（帕維里很高大：至少有兩百公分高）。我們會禮貌性回應他問候我們好不好、父母在做什麼的問題，不過我們當然不是去找沃羅牧師的。我們去教堂是因為鎮上最強的機器人駭客住在地下室裡：就是帕維里・沃羅他那無神論的女兒喬漢娜，別稱S0ulFuck3r。

S0ulFuck3r是個傳奇，她只用一台舊型STM筆電，就從克拉夫塔公司伺服器竊取出上百份機密文件，從而連接上鸕鶿226機器人。她宣稱她曾經用電子雞和釣魚線引誘四腳機器人到狹窄的正子排氣管裡，讓它卡在裡面，鸕鶿那危險的鉗子手臂因而失去了殺傷力。

## 美麗，美麗的蝴蝶

安德斯·納斯倫的房間裡連一公分的壁紙也看不到。牆壁完全貼滿了海報。屍塊、惡魔、太空船、殭屍、飛碟和長觸手的怪獸，在安德斯的痘痘臉後方創造出一個絢麗的拼貼作品，同時他用他變聲期的啞嗓告訴我們那個故事。「特勒斯／飛馬座無人機」在法林瑟北部野外攻擊了他叔叔的車子，他險些被活吞。安德斯宣稱他早觀察到了，那是因感染「機械癌」而懷孕的機器人所造成的結果。安德斯特別強調機械癌一詞。

安德斯的話很難相信，因為他說過很多怪事。前一年，他告訴我們《毀滅戰士》裡的敵人跑到電腦裡的另一個遊戲裡收集彈藥。後來他告訴我們那台在希爾斯霍格附近發現的已被摧毀的雷諾Twingo轎車，是被巨大殺人蛆所屠殺，但其實我們不太害怕。尤其因為他房間幾乎一整面牆都貼著大幅的《從地心竄出2》海報。

但安德斯不是在洪水過後唯一愛談怪獸與陰謀論的人。貝加登中學充滿了關於疏散區到底發生什麼事的謠言，每個人似乎都有自己最愛版本的真相。有些人說促使昆蟲長大的不明物是從重力加速器外洩出來的，也有人說粒子加速器打開了一個黑洞，大量不知名的怪物從平行宇宙湧出。

喬漢娜給我們看一份文件。她聲稱那是隆德的大學生物研究所發出的傳真。據她的說法，傳真的大意是法林瑟島北部洪水的水樣本分析。要搞懂那些科學術語幾乎不可能，但文件裡有個片語讓我們非常興奮：摘要裡提到「異常生物成分」。突然間，迴避自來水這事似乎很合理。

# UNIVERSITY OF GOTHENBURG
### DEPARTMENT OF CHEMISTRY AND MOLECULAR BIOLOGY

**EXPERT OPINION**

Our date
1996-07-08

Your date

Diary number
155/96

Your number

sign

**96-07-08**

LUNDBERGSLABORATORIET

**EMPLOYER**

Krafta Group ASA

**SAMPLE MATERIAL**

Water samples from the Loop facility, Färingsö, Ekerö kommun. See appendix 05A.

**PURPOSE**

Analysis of water samples has been requested via telephone, to ascertain if there are any traces of toxic, radioactive or otherwise insanitary components.

**PROCESSING**

Analysis has been performed by first chemist Anton Rehnberg, chemist Lena Stålberg and biologist Lotta Andersson.

**METHODOLOGY, ANALYSIS AND RESULTS**

Both quantitative and qualitative samples were collected in tubes from several different locations (see appendix 5) from a depth varying between approx 0.2 meters and 5 meters, and preserved with Lugol's solution. A plankton sample was taken using a 0.5 micron sieve and preserved with formalin.

Upon examining the samples it was determined that the water had an abnormally high salinity for the geographical area in question, at levels consistent with seawater. In fact, chemical analysis also revealed a composition very similar to what is normally found in seawater. Further analysis is required to determine if this is an artificial composition inherent to the very special environment where the samples were taken (a flooded particle accelerator) or if this is really seawater. Considering these initial samples, it is highly unlikely that the water is from the Baltic Sea.

Our major finding is undoubtedly the deviant biological components discovered during analysis of the plankton samples. Apart from several common species such as *Emiliana huxleyi*, several species of the *Chrysochromulina* genus, a number of phytoplankton were also discovered. We have so far been unable to classify these plankton. They exhibit several morphological similarities with diatoms but differ in the number of membranes in the chloroplasts as well as several yet unidentified shell structures. See appendix 6 for a detailed analysis of the plankton samples. Samples have been sent to the Ecosystems Center at the Marine Biological Laboratory in Massachusetts, USA, for further analysis.

Professor Jan-Ove Åkerlund
Laboratory director

Postadress
Box 462
405 30 Göteborg

Besöksadress
Medicinaregatan 9 C

Telefon
031 - 786 22 32

Telefax
031 - 786 12 44

### 防禦機制

一九九七年春天,軍方帶著他們的專用機械前來協助克拉夫塔公司圍堵當時所謂的「迴圈醜聞」。法林瑟島上空除了高斯貨船還出現了幾艘巨大的海軍巡洋艦,每個閘門和入口斜坡上都擠滿了卡車、起重機和我們沒見過的怪異機械。

站在桑加後面森林裡的慢跑小徑上,可以看到在遠處的田野裡有兩部 AMAT-2 機械。復活節後不久,在學校的某個戶外活動日,小羅和我逃離許可活動,設法跟上 AMAT-2 機械。在砲塔上,小羅告訴我他爸媽要離婚,暑假過後他會跟媽媽搬到城市裡去。最糟糕的是,他說得好像是什麼好事,好像他已經不喜歡法林瑟島了。他似乎不在乎要丟下在貝加登的我,所以我說了我能想到關於都市生活的所有缺點、成為父母離異的小孩有多可怕,以及為何留在這座島上其實好得多。

眼看無法引起他任何反應,我又丟出一堆關於他媽媽的壞事,還有他因為怪門牙可能在新學校被所有人霸凌,最後小羅哽咽發出尖銳的哭聲。「可是我還能怎麼辦!」小羅盯著遠方的某個東西,而我想在那陣沉默中,我們都決定了永遠不要再提起這件事。

### 倖存於來自飛馬座 51B 行星的瘟疫

正當小羅和我生氣地抗議小羅的媽媽直接將自來水端上餐桌時，她告訴我們——曾經在幸運草天文台工作的是史提芬的哥哥哈坎。史提芬自己從來沒保住過工作。「他日子過得很辛苦。」

後來情況更糟了。有一天我們跑去他家，他的庭院看起來井然有序，有個自稱是史提芬母親的老太太來開門。她說史提芬搬走了；他終於找到一個屬於自己的地方，可以存放他所有的東西。

原來屬於史提芬自己的地方是個迴圈年代蓋的水泥小屋。他把自己關在裡面，穿著自製的防護衣。他全身一圈一圈包裹著的似乎是塑膠發泡踏墊，頭上戴著防毒面具和橘色安全帽。我們是藉他聲音認出他的。

「你們在幹什麼？」他看到我們走過幾乎完全被雜草掩蓋的小徑時，隔著窗戶大喊。他不樂意見到我們，一直向我們大喊。

「瘟疫是由空氣傳播的！保持距離！」

## 非法拷貝

「以粒子為基礎的遠距傳送向來行不通，也永遠不會成功。」

小羅和我坐在天文學家地下室裡一張破損的沙發上。我們在等他最新的玩具「四倍速CD燒錄機」跑完最新作業系統的破解版。小羅埋頭玩他的Gameboy，就快要打破俄羅斯方塊的高分紀錄。史提芬繼續抱怨。

「六〇年代初期他們實驗過，每次都一敗塗地。問題在於他們實際上僅是創造出一個昂貴的影印機。任何從另一端出來的東西都只是複製品，甚至無法完全相同。你知道嗎，他們用狗作測試，結果該死的一團糟。所以最後他們才把所有資源投入在相對論技術上。那些老舊的設備竟然全都還放在羅恩他家的田地上，就在比約維克發電廠後面，真的很奇怪。至今沒有發生意外真是他媽的奇蹟。」

我們站在門口把鞋穿好。史提芬在光碟給我們之前，打開了CD盒子，低頭將鼻子湊過去，然後深吸一口氣。

「啊啊！我真喜歡在早上聞燒夷彈的氣味。千萬別讓拉斯・里賓看到，拜託拜託。」

## 花開時節

九年Ａ班的賽巴斯丁·費德里克森在一九九七年的夏天失蹤，謠傳他死在比約維克的某台舊機械裡面時，那個郡終於受夠了。決定要徹底清理那些島嶼，同時洗刷現有的污名。

岩床要清洗，所有在地面上生鏽的舊垃圾都要搬走。每台廢棄的機械，每個鋼球和磁合碟，甚至每根生鏽的小釘子與尖銳物，以及任何可能造成健康威脅或破壞景觀的東西都將完蛋。大型計劃已經擬定，整棟蝦子顏色的海格史塔倫鎮公所洋溢著除舊布新的決心。要建造高爾夫球場、體育館和運動中心，所有基礎建設都將換上嶄新面貌，明確地發出訊號：我們將邁向美好的新時代。

## 勉強稱得上道別的道別

原本會是跟拉斯的浪漫出遊，我媽卻帶著一隻瘀青的眼睛回家，一看就知道我們寄宿在里賓警官家裡的日子結束了。

我最後一次看到拉斯是他開著巡邏警車來接我放學，進行一場「男人與男人」的對話。他說得不多。大多數是關於他做過的事，按照他的說法，我長大以後就會懂。我下車之前他握了握我的手，彷彿我們達成了某種協議。那是我最後一次見到他。

## 普遍的時尚品味

秋天開學時，小羅已經走了，我以為少了他上學會變得難以忍受。
但處在開始上國中的興奮感中，所有自然定律都被推翻。

試想這樣一個奇蹟，吉米·卡夫特林突然長出青春痘，他因此從中學
之王的寶座跌落成為沒沒無聞的七年級生。彷彿迴圈的除污計畫清掉
了我內心的什麼東西，我感覺渾身潔淨聞起來滿是鬍後水的味道。

總之，幾星期過後我交了些會抽菸的新朋友，到了聖露西亞節時，
我已經穿上皮夾克，經歷過第一次喝酒狂歡了。

**歡迎光臨九八年的新生活設施**

終於，一九九八年十月，除污計畫結束，封鎖線也撤除了。田野和森林斜坡之間，寒冷的秋季空氣中聳立著一座座冒著蒸氣的房屋，全都整修翻新準備好迎接住戶搬回來。原先的沼澤地乾涸了，廢棄或被挖空。在新鋪的草皮底下，地面覆蓋著荷蘭進口最優質的土壤。冷卻塔被拆除運走，天文台的望遠鏡被妥善地回收，在岩層深處的迴圈隧道被填入11,242,223立方公尺的硬化碳纖維強化水泥 —— 這可能是瑞典史上最浩大最昂貴的水泥灌漿工程。

迴圈年代留下的最後一絲痕跡終於消失了。三年來我第一次站在自己舊房間的鏡子前，往頭髮抹髮蠟，碰巧看向窗外的景觀，被一個短暫的感覺嚇了一跳。那是失去了什麼東西的感覺，也是我已經忘記那是什麼的感覺。我甩掉那個感覺，調高音響的音量，回去做更重要的事 —— 三十分鐘後我要去參加馬丁・哈格嘉的派對，我的髮型必須保持完好。

在岩床的不明深處，一個國家保存輻射廢棄物、只有機器孜孜不倦工作的地方，現在排滿了無數個填入水泥的回音球。如果我們能在那裡逗留而不被輻射線焚燒，又如果我們能夠把耳朵貼在回音球上，或許可以聽到聲音——裡面會有某種東西緊張的心跳聲，不安地沉睡著。

# Index

Berggården　　　貝加登

Björkvik　　　　比約維克

Ekerö　　　　　艾克羅鎮

Färentuna　　　　法倫圖納

Färingsö　　　　法林瑟島

Hägerstalund　　海格史塔倫

Hilleshög　　　　希爾斯霍格

Lund　　　　　　隆德

Mälardalen　　　瑪拉達倫

Mälaröarna　　　瑪拉洛阿納島

Nacka　　　　　納卡

Norrtälje　　　　諾塔耶

Österby　　　　　奧斯特比

Sånga Säby　　　桑加薩比

Sätuna　　　　　薩圖納

Solbacka　　　　索巴卡

Svartsjö　　　　史瓦茲約

Västerängen　　　瓦斯特蘭根


Gravitron　　　　重力加速器

*Syros*　　　　　〈錫羅斯島〉

Meitner Pendulum　麥特納鐘擺

Tomas Tranströmer　湯瑪斯・川斯卓默

賽門·史塔倫哈格 （Simon Stålenhag，1984 – ）　　　　※著

瑞典視覺敘事家、設計師暨音樂創作者，成長於斯德哥爾摩。畫風細膩寫實，擅長描繪鄉村風景、機器人與巨大建築。以復古未來、賽博龐克爲題材，結合投射飽滿情緒的建築與物件，藉視覺敘事創造出獨特的詩意科幻作品。著有《迴圈奇譚》、《洪水過後》以及《電幻國度》。《迴圈奇譚》獲選《衛報》十大最佳反烏托邦作品，《電幻國度》曾入圍科幻小說類獎項軌跡獎（Locus Award）、亞瑟·克拉克獎（Arthur C. Clarke Award）。

李建興　　　　※譯

臺南人，輔仁大學英文系畢，歷任漫畫、電玩雜誌、情色雜誌與科普、旅遊叢書編輯，路透社網路新聞編譯，現爲自由文字工作者。譯作有《把妹達人》系列、《刺客教條》系列、丹布朗的《起源》、《地獄》、《失落的符號》等數十冊。

# THINGS FROM THE FLOOD　洪水過後

作者※賽門·史塔倫哈格｜翻譯※李建興｜主編※邱子秦｜設計※吳睿哲｜業務※陳碩甫｜發行人※林聖修｜出版※啟明出版事業股份有限公司｜地址※臺北市敦化南路二段 57 號 12 樓之 1｜電話※ 02-2708-8351｜傳眞※ 03-516-7251｜網站※ www.chimingpublishing.com｜服務信箱※ service@chimingpublishing.com｜法律顧問※北辰著作權事務所｜印刷※漾格科技股份有限公司｜總經銷※紅螞蟻圖書有限公司｜地址※臺北市內湖區舊宗路二段 121 巷 19 號｜電話※ 02-2795-3656｜傳眞※ 02-2795-4100

初版※ 2021 年 2 月 24 日｜ISBN ※ 978-986-99701-0-5｜定價※新台幣 1300 元

國家圖書館出版品預行編目（CIP）資料

迴環記憶三部曲：洪水過後／賽門·史塔倫哈格（Simon Stålenhag）作；李建興譯 . — 初版 . — 臺北市：啟明出版事業股份有限公司，2021.02

132 面；28×25 公分
譯自：Tales from the Loop
ISBN 978-986-99701-0-5（精裝）

881.357　　　　　　　　　　　　　10901708